親愛的鼠迷朋友，
　　歡迎來到老鼠世界！

謝利連摩・史提頓

U0099850

Geronimo Stilton

《鼠民公報》
辦公室

賴皮
(謝利連摩的表弟)

班哲文
(謝利連摩的姪兒)

GERONIMO
STILTON

謝利連摩・史提頓

菲
(謝利連摩的妹妹)

老鼠記者 90

難忘的生日風波

COMPLEANNO...CON MISTERO!

作　　者：Geronimo Stilton　謝利連摩·史提頓
譯　　者：陸辛耘
責任編輯：胡頌茵
中文版封面設計：陳雅琳
中文版美術設計：劉蔚
出　　版：新雅文化事業有限公司
　　　　　香港英皇道499號北角工業大廈18樓
　　　　　電話：(852) 2138 7998
　　　　　傳真：(852) 2597 4003
　　　　　網址：http://www.sunya.com.hk
　　　　　電郵：marketing@sunya.com.hk
發　　行：香港聯合書刊物流有限公司
　　　　　香港新界大埔汀麗路36號中華商務印刷大廈3字樓
　　　　　電話：(852) 2150 2100　傳真：(852) 2407 3062
　　　　　電郵：info@suplogistics.com.hk
印　　刷：C & C Offset Printing Co., Ltd
　　　　　香港新界大埔汀麗路36號
版　　次：二〇一九年二月初版
　　　　　二〇一九年六月第二次印刷

http://www.geronimostilton.com
Based on an original idea by Elisabetta Dami.
Art Director: Iacopo Bruno
Cover by Roberto Ronchi, Alessandro Muscillo
Graphic Designer: Laura Dal Maso / theWorldofDOT (Adapted by Sun Ya Publications (HK) Ltd.)
Illustrations of initial and end auxiliary pages: Roberto Ronchi, Ennio Bufi MAD5, Studio Parlapà and Andrea Cavallini |
Map: Andrea Da Rold and Andrea Cavallini
Story illustrations: Danilo Loizedda, Antonio Campo, Daria Cerchi
Artistic Coordination: Roberta Bianchi
Graphics: Michela Battaglin

老鼠記者 Geronimo Stilton

難忘的生日風波

謝利連摩·史提頓
Geronimo Stilton

新雅文化事業有限公司
www.sunya.com.hk

目錄

史奎克·愛管閒事鼠

謝利連摩的好友，是一名私家偵探，他愛管閒事，最喜歡捉弄謝利連摩。

「不」夫人

在老鼠島上的富商，不擇手段，在老鼠島上經營各行各業的生意。

棉加紮·棉絨鼠

謝利連摩的新鄰居。

棉吉阿喬

棉絨鼠三兄弟中年紀最小的一位。

生日快樂，謝利連摩！

這是春日裏一個**涼風颼颼**的周六早晨。窗外*狂風大作*，「嗖」一聲，一下子就把**街道上**鼠們的帽子吹走了。對啦，我們這是在妙鼠城——老鼠島的首都，而這裏也是我居住的地方……

好大的風呀！

還是讓我來好好介紹一下自己吧：我叫史提頓，**謝利連摩‧史提頓**。我經營着《**鼠民公報**》，也就是老鼠島上最有名的**報紙**！

　　那天早晨，我剛一醒來，心情就如陽光一樣燦爛無比，因為……那天可是我的**生日**呢！於是，我一邊騰地跳下牀，一邊興高采烈地哼唱：

今天是個大日子……

非凡的日子……特別的日子……

心裏的聲音告訴我……所有的老鼠都知道

生日是美好的一天！

　　我決定先洗一個**熱水澡**，來迎接這美好的一天。我走進浴室，用**葛更佐拉乳酪**味肥皂塗遍全身，可是，我一不小心……

把泡沫濺到了眼睛……
啊呀呀！
肥皂泡
怎麼會這麼刺眼！

眼睛很痛啦！

①

②

……地上明明有一塊肥
皂，我卻沒看見……
我怎麼會這樣粗心大意！

救命啊！

……於是，「呼」一聲，
我四腳朝天癱坐在地上！
我以一千塊莫澤雷勒乳酪的
名義發誓，真是痛死我啦！

③

痛死我啦！

為了儘快安神下來，我決定為自己準備

一頓豐盛的早餐，有新鮮水果、雞蛋、酸乳

酪、橙汁、乳酪，以及一杯熱花茶……要開始美好的一天，還有什麼能比營養豐富的早餐更加合適的呢？

　　可因為匆忙，我一口氣喝下了整杯茶，一不小心燙到了自己的舌頭！

哎喲！！

啊啊啊啊！我怎麼能這樣？！

　　不過，我才不會讓這些小事影響我的好心情呢！今天是一個特別的日子嘛！於是，我穿上外套，打上領帶，準備就緒，高高興興地上班去啦。

**健康又美味的早餐能夠
為你提供一天所需的能量，
讓你精力充沛，
活力滿滿以迎接精彩的一天。**

首先，你們可以喝一杯牛奶（或果汁）或是一杯茶，

然後搭配：

● 穀物麥片

● 塗上蜂蜜或果醬的麵包（或多士）

● 普通餅乾或全麥餅乾

● 一小塊蛋糕

到了九、十時，你們還可以享用點心，比如：

● 新鮮的時令水果；

● 普通麵包或全麥麵包！

最重要的是，一定要細嚼慢嚥，
悠閒寧靜地享受食物，
而且要有鼠陪伴！
想要迎接美好的一天，那就從一頓同家鼠
一起分享的美味早餐開始吧！

我用乳酪向你們保證！

超級奇怪的棉絨鼠家族

當我走出家門的時候， 正高高掛在天空。上午時間已經過去了一半。

我以一千塊莫澤雷勒乳酪的名義發誓，再不抓緊時間，我快要遲到啦！

可正當我準備穿過馬路時，我看見了一輛大型的**貨櫃車**。貨車就停在我家附近的一幢房子前。

從車裏下來了
很奇怪的一家鼠……

我要是跟你們說**奇怪**，你們就一定得相信我：那真是**奇怪、奇怪、奇怪！十分奇怪！啊，簡直是超級奇怪！**

這個家庭由一名年長的女士和三隻男鼠組成。女鼠的身材**肥胖**，她把一頭灰髮盤成一個髻，用一枚**別針**固定；身上則穿着一件白色實驗袍，上面繡着：

棉加絮·棉絨鼠姑媽
在這個家裏我說了算！

她的脖子上戴着一根粗項鏈，上面掛有三把鑰匙；手臂上呢，則挽着一個玫紅色的羊毛**手袋**，上面扣了三把鎖。

那三隻男鼠是她的姪子，長相很相似。他們全都**穿着**白色外套，衣服上除了繡着各自的名字之外，還有一句「*在這個家裏姑媽說了算！*」

第一個姪子名叫棉吉斯塔，身材矯健。他在外套裏穿了件**緊身舞衣**，口袋裏則袋着一把梳

棉絨鼠家族

棉加紮

她是棉絨鼠家族的姑媽,在她的家族,一切事務全由她說了算。她有兩大愛好:織毛衣和烹飪!她總會做一些異想天開的奇怪菜餚,比如甘草千層麵、巧克力肉醬、大蜆奶昔、生蠔餡餅……沒去她家吃飯,那可真是你天大的好運呢!

棉吉斯塔

他是棉加紮的大姪子,身材矯健,肌肉發達。他熱衷於馬戲團表演,夢想着有一天可以成為在鋼索上飛的高空特技演員。

棉吉阿喬

他是棉絨鼠三兄弟中年紀最小的一位,夢想是成為馬戲團裏的小丑。

棉吉亞戈

他是棉吉斯塔和棉吉阿喬的兄弟,同樣喜愛馬戲團。不過,他想成為一名魔術師。事實上,他的圓頂禮帽和魔術棒從不離身。

子，隨時準備把自己的**頭髮**梳得貼貼服服！

騰的一下，他已經跳下了貨櫃車：

「**跳跳跳**！準備就緒！」

第二個姪子名叫棉吉亞戈，頭

上頂着魔術師的**禮帽**，手上則戴

着一對潔白的**手套**。

只見他漫不經心地把玩着手裏的魔術

棒，喃喃説道：「**嗯嗯嗯**！準備就緒！」

第三個姪子名叫棉吉阿喬，實驗袍裏穿

了件**小丑**的衣服，胸前插着一朵塑料假花，

頭上戴着一頂稻草帽⋯⋯

只見他手舉一把充氣的塑料

大錘子，壞笑着説道：

「**嘻嘻嘻**！準備就緒！」

我彬彬有禮地走上前，想向我的

新鄰居做自我介紹。我本想說：「早安！我叫**謝利連摩·史提頓**。我是你們的鄰居，非常歡迎你們！」

可誰知，因為早上的那杯滾燙的茶，我的舌頭一直腫到現在。於是，我只能哼哼唧唧地說：「早安……鵝叫啫喱連喔·史唉哼，鵝是里麼的鄰句，非想歡迎里麼！」

只聽三隻男鼠咕噥說：「這是誰啊？」

我的臉霎時漲得通紅！真是太丟臉了！

棉加紫卻熱情地向我伸出了手爪。她一邊露出燦爛的微笑，一邊尖叫道：

「**哇哦哦哦哦**，你一定就是史提頓先生啦！《鼠民

呃呃呃……

你一定就是史提頓先生啦！

公報》的總編輯……我們的新鄰居！」

我**吻了吻**她的手爪，想對她說：「很高興認識你們，希望你們會喜歡這裏。」可我的話卻變成了：「哼個興現斯里麼，咦咦里麼會嘻嘻啫哩！」

只見她在**鬍鬚**下揚起了嘴角：「史提頓先生，我得給搬運工們一點小費。你能幫我把一張**紙幣**換成零錢嗎？」

這時，我才注意到，搬運工們正從貨櫃車裏卸下貨物。可那些並不是

大家**搬家**時會運送的東西，而是一些貼着奇怪標籤的**大箱子**……

史提頓先生，你到底要不要換這張紙幣？

　　只見她用掛在脖子上的三把鑰匙分別打開了手袋上的三把**大鎖**。

咔嗒、咔嗒、咔嗒！

　　接着，她又打開了碩大的手袋，從裏面抽出一張**紙幣**：「史提頓先生，你到底要不要換這張紙幣？」

這時，在頭髮上**塗滿了髮蠟**的那位姪子上前搭訕：「可姑媽，我覺得……」

她立刻吼了起來：「**給我閉嘴！！在這個家裏只有你姑媽有權做主！**」

說完，她便揮起手袋狠狠砸了姪子的屁股一下：「**啪！**」

這下我算是明白了，為什麼她要帶一個如此沉重的手袋！

接着，她又重新轉向我，微笑着問道：

呃呃呃……

給我閉嘴！！！

哎喲喂……

「我說，史提頓先生，你現在能換了嗎？」

我想對新鄰居表達**善意**，而且我可不想被她那沉重的手袋**砸**到頭，於是我連忙回答：「當易，太太，鵝灰想落易！」（翻譯：當然，太太，我非常樂意！）

於是，她便把**紙幣**遞給了我，我呢，則給了她一堆**零錢**。

你能換嗎？

當易，太太，鵝灰想落易！

當我接過那張紙幣的時候，卻有一種非常奇怪的感覺，因為有那麼一刻，我覺得它好像是濕的……

呃，為什麼為什麼為什麼？

但我根本來不及細想，因為就在這時，棉吉斯塔·棉絨鼠**突然**從他的實驗袍口袋裏掏出一個**玻璃**瓶，用強而有力的聲音宣布說：「各位**親愛的**觀眾朋友，**來來來，看這裏！**應廣大鼠民的要求，我們這就為史提頓先生奉上一次免費試喝飲料的機會。這是我們的獨家產品：**棉絨鼠牌超級無敵美味飲料！**」

我都來不及提出反對，他就以敏捷的身手用一把**勺子**將飲料灌進了我嘴裏。

那是一坨**綠盈盈**的液體，難喝得要命，在我胃裏**上上下下**，好像電梯一樣！除此之外，它還散發着一股惡臭，夾雜着大蒜、洋葱、椰菜、西蘭花、雞蛋和發酵乳酪的氣味，還有一股**糖漿**的可怕甜膩。這頓時引來一大羣**蒼蠅**繞着我飛呢！

為了增添笑料，一旁的棉吉阿喬還用他的塑料**錘子**敲了敲我的尾巴，一臉壞笑着説

接着！

呃嘔！

道：「我來幫助你更好地消化**棉絨鼠牌超級無敵美味飲料！**」

在一片混亂中，我的錢包掉到地上，可棉吉斯塔卻以**快如閃電**的速度撿了起來，扔給像**變戲法**一樣從他身後跳出的棉吉亞戈。只見棉吉亞戈輕輕擦去錢包上的灰塵，一邊鞠躬，一邊把它還給了我。

我馬上向他表示感謝：「些些！」（翻譯：謝謝！）

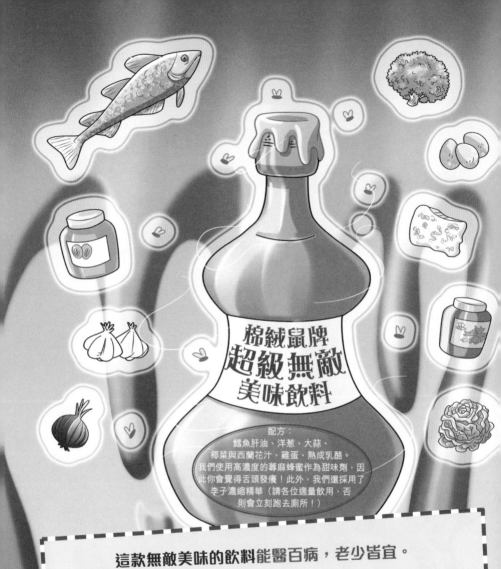

配方：
鱈魚肝油、洋蔥、大蒜、
椰菜與西蘭花汁、雞蛋、熟成乳酪。
我們使用高濃度的蕁麻蜂蜜作為甜味劑，因
此你會覺得舌頭發癢！此外，我們還採用了
李子濃縮精華（請各位適量飲用，否
則會立刻跑去廁所！）

這款無敵美味的飲料能醫百病，老少皆宜。

可治療：腹痛、背痛、耳痛、牙痛、暈船、消化不良、流行性感冒（不論是否有發燒均可）、失眠、麻疹、疥癬、脂肪團、蕁麻疹、各種過敏、風濕病、落枕、痘子、贅肉、脫髮……甚至老繭！

就在我轉身離開的時候，棉加紮太太又在我 裏塞了一個贈品：那是一個由軟木塞封住的玻璃瓶，裏面裝着一種**綠色的**濃稠液體。標籤上寫着：「**棉絨鼠牌超級無敵美味飲料**，能醫百病，老少皆宜！」

我一邊飛快地跑開，一邊咕噥着説：「嗨嗨！」（翻譯：再見！）。我真是連一秒都無法忍受這些奇怪的鄰居了！

**而且我已經
超級無敵——不可救藥地
遲到啦！**

與此同時，我的肚子開始叫個不停……咕嚕嚕！咕嚕嚕！咕嚕嚕！

一張看起來……奇怪、奇怪、非常奇怪的紙幣！

在趕去《鼠民公報》的路上，我本來想在書報亭**買**一本雜誌。當我掏出棉加紫太太的那張紙幣購買時，賣報鼠不禁**搖**起了頭。

「你難道不覺得這張紙幣看起來……真是**奇怪、奇怪、非常奇怪！你是從哪兒弄來的，史提頓先生？**」

我回答：「禾哈是再跟里介式！」（也就是：我下次再跟你**解釋**！）

說罷，我就跑開了，因為我實在趕時間……而且我的肚子還在不停地

咕嚕嚕！咕嚕嚕！咕嚕嚕！

誰知道是不是棉絨鼠牌超級無敵美味飲料惹出的禍呢？

在進辦公室前，我想去咖啡店買一杯熱騰騰的 菊 花 茶 （說不定它能幫助我消化呢？），可當我把錢付給咖啡店員工朋格·斯特拉帕查時，他卻用手爪反覆摩擦着我的紙幣檢查，一臉狐疑。

「這張 紙 幣 看起來……真是**奇怪、奇怪、非常奇怪！你是從哪兒弄來的，史提頓先生？**」

什麼？！

怎麼會有這麼奇怪的紙幣！

我**嘟囔**着説：「禾哈是再跟里介式！」

（也就是：我下次再跟你解釋！）

我再次飛奔着離開。我的肚子越來越翻騰……

咕嚕嚕！咕嚕嚕！咕嚕嚕！

我真的已經遲到了，可我必須先去**藥房**，因為我突然感到頭痛欲裂……誰知道是不是**棉絨鼠牌超級無敵美味飲料**惹出的禍呢？

可**皮洛里納・藥丸鼠**卻對我說：「這張紙幣看起來……真是**奇怪、奇怪、非常奇怪！你是從哪兒弄來**

怎麼會有這麼奇怪的紙幣！

咕嚕嚕！
咕嚕嚕！
咕嚕嚕！

的，史提頓先生？」

我又一次**重複**道：「禾哈是再跟里介式！」（也就是：我下次再跟你解釋！）

我飛跑着離開，**直奔**到餃子大街13號──《**鼠民公報**》的辦公大樓，也就是我工作的地方！

我的肚子依舊
咕嚕嚕地叫個不停！

咕嚕嚕！咕嚕嚕！咕嚕嚕！

我真的不能忍啦！我要去

廁所所所所！

一進入辦公大樓，我就像一枚**火箭**般，直奔廁所而去。彷彿在我身後，有一隻飢餓的貓正追着我跑似的。

我的編輯們紛紛跟在後面，可我只管把自己鎖在廁所裏！

我只聽到大家在外面喊道：「謝利連摩，我們正在籌劃一份《鼠民公報》的特刊。有一則**奇怪、奇怪、非常奇怪**的消息……我們得向你匯報……然後寫一篇文章刊登……由**你來寫可以嗎？**」

這時，我的舌頭終於恢復了正常，於是，

我連忙大喊：「拜託，還是請你們去找我的妹妹菲幫忙吧！謝謝你們啦！我真的很忙，我現在有，呃……

非常非常非常非常緊急的突發情況！」

三罐玫瑰味香氛噴霧！

我在廁所裏待了好久好久……用去了整整3卷衛生紙！！！！於是，令水渠淤塞了。因此，我不得不叫來3名水管工……這才讓一切恢復了正常！

我又不得不在廁所裏灑上3瓶玫瑰味香氛噴霧……

我喝了3大杯菊花茶……

我還穿上了3件厚毛衣，好讓肚子覺得暖和……

終於，我感覺好了一些。可我的肚子依舊還在

咕嚕嚕！咕嚕嚕！咕嚕嚕！

當我靜下來時，我的同事們都已離開，只剩我獨自留在辦公室裏。

為了彌補在廁所裏耗去的**三個小時**，我決定加班。可就算夜幕降臨，我依然沒有完全康復，肚子又叫了起來：**咕嚕嚕！**

我真的絕望啦！

就在這時，我突然想起：今晚我還要和全家一起去「**金乳酪**」共進晚餐呢。那可是城裏最高雅的餐廳，以乳酪菜餚聞名。我才不想讓他們掃興呢。

所以，儘管身體不舒服，我還是決定準時赴約。

37

今天到底
是不是我生日呀？！

　　我離開辦公室，出發前往「**金乳酪**」**餐廳**。可我怎麼也高興不起來，失魂落魄的樣子，彷彿是看見了一隻**黑貓**似的。

肚子怎麼會這麼痛嘛！
哎喲！！！

三罐玫瑰味 是日休息 香氛噴霧！

我的肚子
依舊還在：

咕嚕嚕！

咕嚕嚕！

咕嚕嚕！

咕嚕嚕！

咕嚕嚕！

咕嚕嚕！

大家都在「金乳酪」！

當我走進餐廳時，我的肚子依舊：

咕嚕嚕！咕嚕嚕！咕嚕嚕！

我立刻**走向**最大的那張圓桌。我的家鼠們已經在那兒等着我了。

「**生日快樂，謝利連摩！**」大家異口同聲地喊道！

我終於放鬆了下來，和大家一起就坐。咕吱吱！我注意到，大家都在，全部都在……

呃，不，等等，好像少了**一隻鼠**：

只有我從小玩到大的伙伴——史奎克·愛管閒事鼠不在。咦，這是怎麼一回事呢？！

和史奎克一起度過的3歲生日！

和史奎克一起度過的5歲生日！

謝利連摩的
生日聚會照片

和史奎克一起度過的7歲生日！

和史奎克一起度過的10歲生日！

從我們還是小孩子的時候，史奎克就從沒缺席過我的**生日會**。後來，我們還成了**學校**裏的同學……啊，多少美好的回憶啊！

呃，我還發現，在一個隱蔽的角落裏，有一張熟悉的臉被**報紙**遮擋了。那是「不」**夫人**！只見她正瞇着眼盯住我看，露出邪惡的**笑容**。我可一點兒也不喜歡她的那個樣子，雖然我也不知道**為什麼**……

「不」夫人

「不」夫人是E.G.O公司的超級管理者。這家公司十分強大，在老鼠島上經營各種生意，在哪裏都要插上一腳。他們建造百貨公司和摩天大樓，還擁有航空公司、報紙和電台……無論是誰向她討價還價，她的回答都只有一個字：「不」！

咕吱吱，我可不是造假博士！

在這個溫馨的晚上，我悠閒地品嘗了一道又一道用乳酪做成的美味佳餚，和我的家鼠們一起**慶祝**我的生日。

我們吃到所有的食材全是天然和**有機**產品，因為大家知道，我一向推崇健康飲食。

餐廳還為我準備了一個巨大的**生日蛋糕**。我一邊吹滅蠟燭，大家一邊齊聲唱道：

「**祝你生日快樂……好友常在身邊……乳酪享用不盡……智慧伴你一生！**」

被這麼多**喜愛我**的老鼠包圍，這是件多麼幸福的事呀！

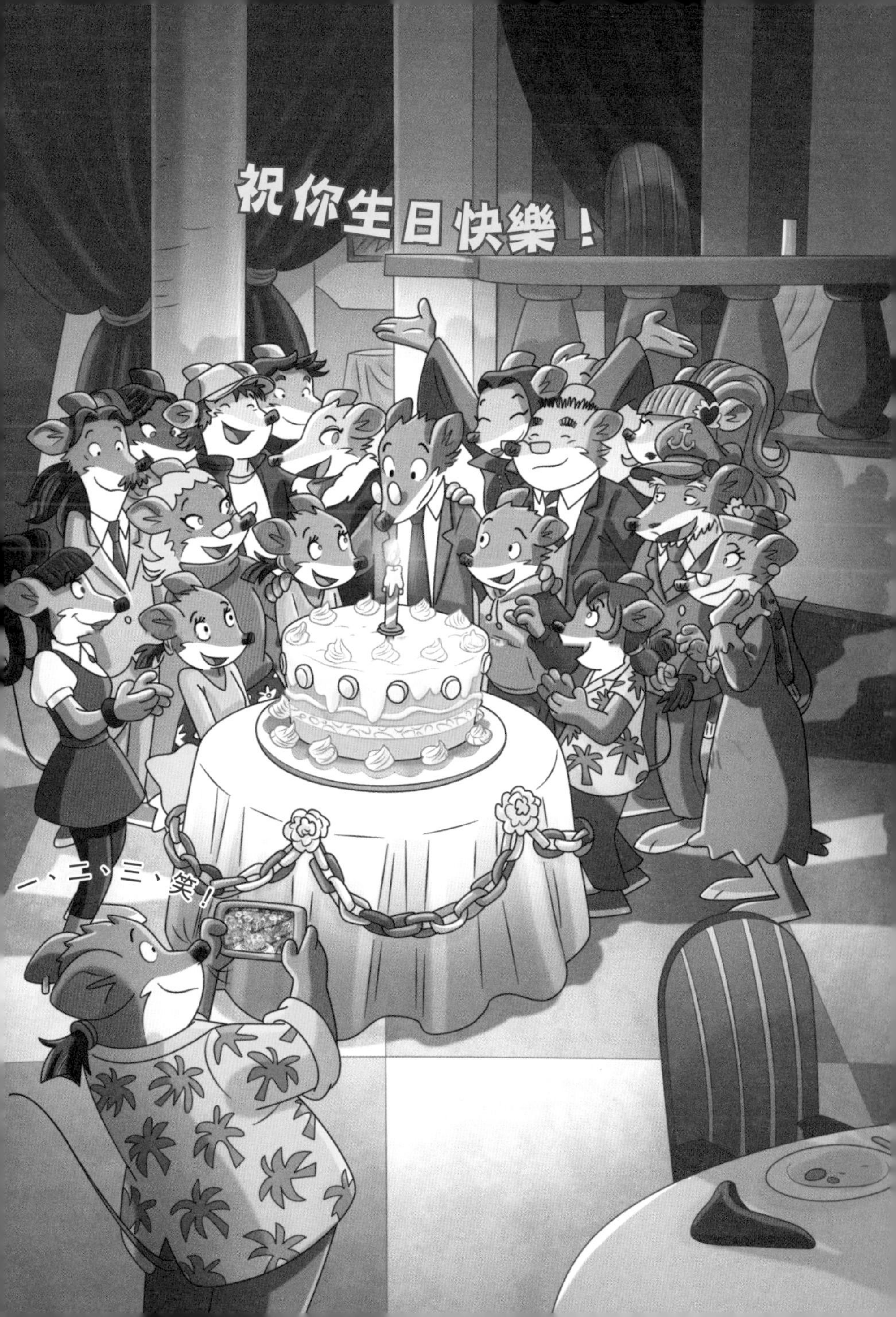
祝你生日快樂！
一、二、三、笑！

謝利連摩·史提頓的生日蛋糕食譜

製作材料：

2塊已經做好的海綿蛋糕

蛋奶糊： 雞蛋5隻、糖150克、牛奶500毫升、半根香草莢、麵粉1湯匙

糖漿： 糖霜200克、水、黃色食用色素（或隨意選用彩色糖漿。）

表層裝飾： 牛油溶液適量、糖霜適量、藍色（或其他顏色）食用色素

請在大人協助下進行製作！

①

製作蛋奶糊： 作為海綿蛋糕的夾心層。把蛋黃放進碗裏，加入糖和麵粉進行混合。把牛奶和香草莢放進一個鍋子加熱，煮至冒泡後，挑出**香草莢**，加入蛋黃混合液，攪拌均勻，並用中火加熱3至4分鐘。然後，關火把它靜置冷卻備用。

從中間剖開每塊**海綿蛋糕**，變成4片。在第一片上塗抹牛油，再疊上第二片，重複前面的步驟，直到鋪上第四片蛋糕。

製作糖漿：在碗中倒入糖霜，用熱水溶解。每次只加一勺，直到碗中的液體變得順滑、濃稠。此時，加入少許**黃色用食色素**，攪拌後使顏色均勻。待糖漿準備完畢後，用橡皮刮刀將其塗抹在整個蛋糕表面；也可以用黃糖皮覆蓋蛋糕：這是一種容易定型的**糖漿**，能夠為蛋糕賦予乳酪般的口感！

現在就可以給蛋糕進行**裝飾**啦！用電動打蛋器打發牛油，加入糖霜，再用少許藍色或紅色色素進行調色。請準備裱花袋，並裝上星形裱花嘴，然後將牛油混合物裝入裱花袋，擠出**一朵朵小花**，裝飾蛋糕。

這一步完成後，就只差插上生日蠟燭啦！

晚飯後，大家便陸陸續續地離開了，整間餐廳裏就只剩下為數不多的幾隻老鼠還在用餐……

天色已晚，時鐘的指針已經指向了

十二點！

於是，我走向收銀台，準備結賬。可我拿出**信用卡**並把它遞給餐廳經理時，他卻抬了抬一邊的眉毛，不屑地說：「先生，這上面寫的是『玩具國信用卡』！**你是想跟我們開個玩笑嗎？**」

我仔細看了看信用卡，頓時大驚失色！

「真不好意思，我也不知道怎麼會這樣……我可以用支票結賬。」

可當我把支票遞給他的時候，他的語氣更嚴厲了：「你是打算把我耍得團團轉嗎？」

我瞄了眼支票，不禁嚇得瞪大雙眼：上面不是應該寫着「妙鼠城銀行」的嗎？怎麼會變

成「玩笑銀行」的？而且居然還蓋了一個印章，是一個正在做鬼臉的小丑！

我慌忙地説：「呃，你不用擔心，我用現金結賬好了。」

我在口袋裏一陣亂摸，可我剛把棉加紫太太給我的那張紙幣放到桌上，他就大聲呼喊起來：「什麼！難道這是你自己在家中地窖裏印

製的嗎？」直到這時，我才仔細打量起這張紙幣，也終於明白，為什麼所有鼠都説它看起來**奇怪、奇怪、非常奇怪！**原來在紙幣的後面寫着：「如果你覺得這是真錢，那你可就是個大笨蛋！」

餐廳經理一臉狐疑地盯着我看，問：

「呃⋯⋯恕我冒昧，我是否能知道你到底是誰？」

我拿出錢包，想出示我的身分證：「我叫謝利連摩·史提頓，我⋯⋯」

當我剛打開錢包**內袋**時，竟然有一道水柱**噴湧而出**，灑在經理的臉上。

他頓時火冒三丈，吼道：「你不僅意圖使用**假信用卡**付賬，而且**意圖**使用假支票和**假鈔**欺騙我！現在居然還要捉弄我？！」

我抽出身分證，發現在原本寫有我名字的地方，赫然寫着：**造假博士**，而在本應貼有我照片的地方⋯⋯居然被乳酪圖案遮蓋起來！

只見他一把抓起電話聽筒，大喊道：

「我要報警！我會讓你為你的這些惡作劇付出代價的，造假博士！」

一名侍應迅速抓住我的尾巴，不讓我逃跑。

這時，餐廳裏的一名**攝影師**舉起相機就

對我一陣狂拍：「這就是造假博士！這下終於露出了 真面目 ！」

唉，更沒想到的是，當時在餐廳就餐的還有城中兩名最八卦的記者：碧希碧希・閒話鼠和機靈・是非鼠。他們急不及待都打電話給城中的各種小報：「我這裏有個驚天大新聞……造假博士當場就擒，鼠贓俱獲！」

還有，「不」夫人，只見她露出得意的笑容，說：「史提頓，現在你成了笑柄，大禍臨頭！」

她的爪牙們也開始哼唱起來：「史提頓成了笑柄……史提頓成了笑柄……他就要倒大霉，

哈哈哈！」

我環顧四周求援……可我的親友們全都已經離開，正在餐廳外面等我。

剩下我獨自一個鼠，面對這個天大的麻煩……

這豈止是特別的一天，簡直就是噩夢般的生日！

我驚魂未定，試圖解釋：「我是一隻誠實的老鼠，從來沒有想過要行使**假鈔**，完全沒有動過這個念頭！咕吱吱，我真的不是造假博士！」

就在這時，一把聲音從我背後響起：「快放開那個傢伙，啊，我是說那個老鼠……我能為他作擔保！」

AB4875M
造假博士
身分證

這個案子有點……
奇怪、很奇怪、十分奇怪！

我**轉過身**，立刻看見了一張熟悉的臉龐：史奎克·愛管閒事鼠，我的偵探朋友！

我一把**抱住**他，哀求說：「史奎克，你快跟他們說，我是一個善良的小老鼠！」

他立刻告訴大家，介紹我是《鼠民公報》的**總編輯**，是一隻誠實的老鼠。史奎克還用**他的**信用卡替我付了賬。

隨後，他從口袋裏掏出一件黃色的風衣，又拿出一根香蕉，剝好了皮遞給我：「**快嘎吱嘎吱吃根小香蕉吧**，**小謝利連摩**，你的臉可有點**蒼白**。你是不是受到了**小驚嚇**？嘿嘿，不用**擔心**，就讓我來破解

58

這個有點**奇怪、很奇怪、十分奇怪**的
小謎團吧!」

　　經理連忙道歉:「請你原諒,史提頓先
生。今天在妙鼠城裏,大家都在談論着這張
假鈔,所以我才會這麼緊張⋯⋯」

　　說完,他便指了指《鼠民公報》的一份
號外。在報紙頭版,赫然寫着:「**奇怪、
真奇怪、非常奇怪的紙幣驚現妙鼠
城!**」

　　文章署名是菲・史提頓⋯⋯難怪我會一無

難怪呢⋯⋯

所知呢。原來那就是我的編輯們想要告訴我的消息，而當時我正在⋯⋯呃⋯⋯廁所處理我的

緊急情況！！！

經理又打開了電視。就連在電視上，大家也是在談論這件事呢。

我們離開餐廳後，史奎克便開始向我解釋：「你看，**小謝利連摩**，我之所以沒有準時來參加你的**生日會**，全是因為我正忙着調查這個**小謎團**，但是它有點**小複雜**，所以，我真的很需要你的**小幫忙**⋯⋯」

我回應道：「呃，説真的，我還有一大堆的工作要做，可⋯⋯」

他立刻苦苦哀求：「哎呀，**小謝利連摩**，我就只需要一個**小幫忙**而已。你看，每次我們像一個**團隊**那樣一起合作，就總有

很大的收穫……一句話，我到底是不是你最
好的**朋友**？再說了，你還欠
我一個**鼠情**呢！要不是
我剛才救了你，看你
會出個怎樣**可怕**的
洋相！」

　　我不禁歎了口
氣，誰讓他說的都對
呢。

　　我只好接受了他的請求：「**那好吧！**
什麼時候開始行動，史奎克？」

　　他立刻破涕為笑：「現在！現在就開
始！現在、現在、現在！我就把有關這個**奇
怪、很奇怪、十分奇怪**案子的所有**細
節**全都告訴你……」

坐上香蕉車，出發！

接着，我們便坐上了他的汽車——香蕉型跑車。它就像一枚火箭般，一溜煙地衝了出去。

這輛香蕉車絕對是你們所能想像的最奇怪的汽車了：整個車身是黃色的，車裏的腳墊上裝飾的是香蕉圖案；小冰箱裏則塞滿了新鮮香蕉、香蕉果汁、香蕉甜品⋯⋯當然，怎麼可能少了香蕉味水果糖和香蕉味口香糖呢！還有，車子裏永遠瀰漫着一股甜美的熟香蕉氣味——那是「清新香蕉」味車用香氛的功勞。

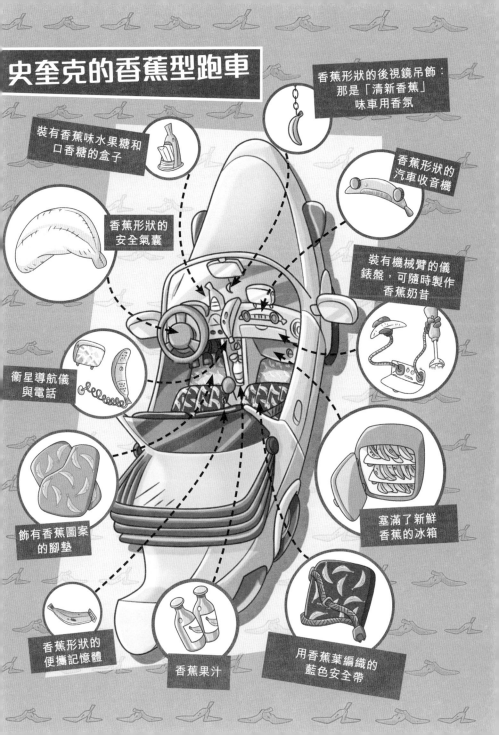

史奎克的香蕉型跑車

香蕉形狀的後視鏡吊飾：那是「清新香蕉」味車用香氛

裝有香蕉味水果糖和口香糖的盒子

香蕉形狀的汽車收音機

香蕉形狀的安全氣囊

裝有機械臂的儀錶盤，可隨時製作香蕉奶昔

衛星導航儀與電話

飾有香蕉圖案的腳墊

塞滿了新鮮香蕉的冰箱

香蕉形狀的便攜記憶體

香蕉果汁

用香蕉葉編織的藍色安全帶

史奎克打開收音機，電台正播放着他最喜愛的歌曲——由「**香蕉樂團**」演唱的《香蕉恰恰恰》。隨後，他高喊道：「哼哼，造假博士，你就乖乖等着我倆吧！」

這時，他停下車，一邊仔細觀察起一張紙幣，一邊告訴了我有關這個案件的所有細節。

愛管閒事、愛管閒事、愛管閒事、無敵史奎克！

為什麼印製這些 **假鈔** 的傢伙要自稱為「造假博士」呢？難道他是一個**造假集團**的首領？

如果真有這麼一個集團，那他們的巢穴到底會在哪兒呢？要印製所有這些假鈔，他們一定需要一處很大的**場地**……誰又知道在他們印鈔的時候，究竟會產生多大的**噪音**呢……

我們的調查到底應該從哪裏入手呢？

一整個 **晚上**，我們跑遍了城中的大街小巷，嘗試着解開這個謎團……

此刻已是清晨，我早就**筋疲力盡**，但史奎克卻神采奕奕。

我不禁問：「*你難道一點兒也不累嗎？*」

只見他露出狡黠的笑容：「我可好得很呢，倒是你，似乎有點**疲倦**。看你的兩隻**眼睛**下面，都鼓出了兩個**袋子**呢！」

他朝我眨了眨**眼睛**，繼續說：「我的秘

訣嘛，那就是：**維他命**、**維他命**、**維他命**！吃水果很重要呢，你知道嗎？」

說完，他便按下方向盤右側，在我正前方的一個按鈕。只見一條**機械臂**從儀錶盤裏伸了出來，把一張奶昔飲料菜單舉到我的面前。與此同時，還有一個**機械聲**響了起來：「請問你想要哪種奶昔，先生？」

史奎克用手肘敲了敲我，小聲說道：「選**12**號，保證不會讓你後悔！」

我結結巴巴地說道：「**呃……我要12號，謝謝！**」

維他命

　　人體需要適量吸取各種不同的維他命，才能幫助我們維持新陳代謝的運作，抵禦疾病。維他命是一種微量的營養成分，可細分為多種不同的類型：例如維他命A、B、C、D、E等。我們可以通過進食不同的食物來攝取維他命。

　　許多水果，尤其是柑橘類水果和奇異果都含有豐富維他命C，而穀物與乳製品則含有豐富的維他命B。維他命A可以從牛奶、魚類和黃橙色的蔬果（比如胡蘿蔔和南瓜）中攝取。

1 機器一邊發出滋滋滋滋滋滋滋的聲音，一邊把一個玻璃杯和一張菜單舉到我面前！

2 快如閃電，它已經剝去了香蕉皮，將香蕉切成碎塊……咔嚓咔嚓……並塞進了杯裏。

3 它開始攪碎香蕉……啪啪啪啪啪啪！

4 再加入新鮮牛奶……咕嚕咕嚕咕嚕！

5 放進一片檸檬……啪嗒！

6 最後丟進三顆草莓……撲通、

撲通、

撲通！

史奎克催促：「快喝下，一定對你有用。這可是史奎克·愛管閒事鼠說的！」

於是，我便把嘴巴湊到了杯子前……

68

可偏偏就在這時，他突然一個加速，不僅令奶昔全都濺出在我的 鬍鬚鬍鬚 上，而且還害我一頭撞到車門上。這下可好，我口袋裏的

棉絨鼠牌超級無敵美味飲料

杯子也跟着一起碎了，還弄濕了我的褲子。

　　我的臉上濺滿了香蕉**奶昔**，我的褲子被淋得**濕透了**，還有一羣**蒼蠅**圍着我亂轉（全賴那個飲料，它的味道**臭**得簡直就像大熱天裏的垃圾箱……）。你們能想像嗎？我就是這樣開始了偵查假鈔**探案**之旅的……在接下來的漫長旅程中，我們將一一走訪全城所有被**造假博士**欺騙過的受害者。

追蹤造假博士

史奎克鄭重宣布：「現在我們要開始訪問造假博士的所有**受害者**（*除了你*）啦！」

這時，他調了調座椅，一不小心壓到了我的尾巴。我霎時尖叫起來：

「啊呀呀呀呀呀呀呀呀！」

於是，他在我右爪裏塞了杯香蕉蜂蜜檸檬飲料，沒好氣地說道：「**謝利連摩**，你今天是怎麼了，好像有點**暴躁**……快拿着，補充一點**維他命**，對你有好處！」

接着，他又在我的左爪裏放了一張妙鼠城的地圖：「我已經標出了所有那個**笨猾蛋**使用過**假鈔**的**地方**，所有！」

最後，他猛地踩下油門，而結果就是：衝力把我的尾巴拉得**嵌**在了座椅裏。

香蕉甜品灑得我渾身都是黏黏糊的蜂蜜，檸檬呢，則**刺**得我兩眼發痛！接着，整張地圖騰地飛了起來，直接緊緊貼在我的臉上。

我不禁尖叫：「哎哎哎喲喂喂喂！」

可史奎克居然開得更快了：「我就喜歡你激情四射的樣子，**小謝利連摩**！好啦，我們的**第一站**，妙鼠城**港口**的海鼠酒家！」

哎哎哎喲喂喂喂喂！

這就是壞蛋經過的路線：

1. 海鼠酒家
2. 珠寶店
3. 藝術館
4. 鐘錶店
5. 毛線店
6. 妙鼠城馬戲團
7. 妙鼠城超級市場

　　我們直奔**海鼠酒家**而去：那裏是所有海員集合的地方……

　　一進酒店，我們就迎面**跑**向店主鯡魚·海生鼠。他一臉沮喪地告訴我們：

　　「昨天來了一個傢伙，買走了我倉庫裏的所有魚食材存貨。他說是要進行一次遙遠的**航海**旅程，而我居然相信了他……他沒有用支票，而是付了一大捆現金。直到我把那些紙幣拿去銀行，才發現它們全是假的……」

　　説着説着他便**嚎啕大哭**起來：「我完蛋啦！説不定還得關門歇業！」

　　史奎克試圖安慰他：「別灰心！我們會抓住他的，那個**壞蛋**……」

　　與此同時，我也開始尋找線索。我注意到在收銀機旁，有一灘綠色的**污漬**……

　　這時，海生鼠突然**叫**了起來：「史提頓先生，那些紙幣上也有奇怪的綠色污漬呢，**黏乎乎的**……」

接着，我們便往**斯貝魯奇珠寶店**：那是城裏最奢華的首飾店。店主是喬婭·手鐲鼠。她打開**抽屜**，拿出了一大捆紙幣。

「就是這些，你們看！我也不把它們放進保險箱了，反正也一文不值……但要說起我賣給那位太太的鑽石與黃金**頂鏈**，那可就價值不菲了！不，我簡直是**白白送**給她的，因為她給我的這些紙幣，根本就是廢紙！」

史奎克數了數，說道：「啊，還真**為數不少**啊！」

喬婭立刻尖叫起來：「當然很多！那條項鏈**價值連城**！」

史奎克瞪大雙眼，一張一張地檢查，隨後激動地說道：「和其他那些一模一樣！就是造假博士的**假鈔票**！」

喬婭搖了搖頭，繼續說道：「現在想想，她一定早就**盯上**了那條項鏈，她完全不試戴一下，就利落地把它塞進了她那個玫紅色的**手袋**裏……」

受害者被騙的案發經過

給你！

③ 藝術館

　　隨後，我們又去了整個老鼠島上最**高雅**的藝術館——「**頂級藝術**」，裏面的收藏品全都出自最有名的藝術家之手。

　　看見我們到訪，館主梵德爾・誇德・畫廊鼠立即**張開**雙臂歡迎我們，說道：「太不可思議了，我居然毫無察覺，像個**笨蛋**一樣中了詭計……當時的情形是這樣的：我們的拍賣會正進行到高潮，迎來了最昂貴的畫作——**瑞克・羅丹鼠**的作品。大廳裏坐滿了很多收藏家和競投者，當時出價最高的，卻是一隻

很陌生、**焦躁**的老鼠……他要我們把畫作包好後，就匆匆忙忙將它拿走了……現在想想，他當然匆忙，因為他付給我的那些錢，全是**假 鈔**！」

我們四處搜尋證據，最終發現了一隻潔白的手套——那是壞蛋留下的。

嗯……我彷彿想起了誰……可究竟是誰呢？

受害者被騙的案發經過

我投得了！

史奎克的心情越來越沉重。

「我們必須儘快**阻止**造假博士，他已經欺騙了太多無辜的鼠民……**看看**他在這裏又幹了些什麼好事！」

說着，我們便進入了城裏最有名的**老鼠時光鐘錶店**。兩名店主，指針與扇形·歐米鼠彷彿看見了救星似的，迎面朝我們走來。

「你們是否已經知道造假博士的身分了？你們是不是抓到了他？」

史奎克解釋：「不，我們還沒有，但是已經有點眉目了，我們馬上就會成功的！」

店主們失望地歎了口氣：「那些傢伙買走了一隻非常古老的懷錶，它曾屬於老鼠島上的一名**貴族**鼠，歷史價值不可估量！你們知道嗎？他們居然帶來了一整個**手袋**的假鈔，那是三隻男鼠和一隻女鼠，彼此間爭吵不休……」

嗯……他們的描述怎麼這麼像……？

受害者被騙的案發經過

　　我們**繼續**四處走訪調查。史奎克越來越困惑，若有所思地說：「呃……奇怪……看來造假博士在這家『**羊毛天堂**』也花過大把的假鈔……」

　　我們走進了一家傳統的老店鋪。這間小店是由一位老太太經營的，她正坐在**櫃檯**後編織着毛衣。

　　她邊歎氣邊說：「唉，我當然記得那位付了假鈔的女士……她**買下**了一大批毛線，而且只買玫紅這一種顏色……說是為了織一件大

衣，因為她有一件用玫紅色羊毛做的物品，
有了大衣就能搭配。真是稀奇！」

聽罷，我們都很吃驚。

一位織毛衣的女士？她和造假博士到底會
有什麼關係？

嗯⋯⋯所有這一切都讓我想起了什麼⋯⋯
我以一千塊莫澤雷勒乳酪的名義發誓，究竟是什麼呢？

受害者被騙的案發經過

⑥ 妙鼠城馬戲團

　　史奎克看了看地圖：「我**收到**的消息顯示，還有一個地方也出現過假鈔：妙鼠城馬戲團！這一切真是有點**奇怪**、**十分奇怪**，非常奇怪……」

　　在**馬戲團**的售票處，收銀員向我們證實，有四隻老鼠用假鈔購買了門票，還興致勃勃地觀看了演出！

　　「我還從沒見過有誰比他們更狂熱的！這幾個傢伙特別喜愛**高空特技飛行**表演……魔術表演，還有小丑，對，尤其是小丑！」

嗯……這一些究竟讓我想起了………………什麼？

馬戲團裏的案發經過

　　最後，史奎克把車停在妙鼠城最大的**超級市場**前。

　　「**史提頓**，好像這裏也出現過**假鈔**，我們快去**瞧一瞧**！」

　　我們發現，又是那四隻老鼠（同樣是三隻男鼠和一隻女鼠，爭吵個不停）！他們不僅**大肆搶購**了一番，還買了許多奇奇怪怪的東西：比如大蒜、洋葱、蝦醬、魚肝油和蜜糖……

可是為什麼？

為什麼為什麼為什麼？

為什麼這一切
都在不斷提醒着我什麼……
可究竟是什麼？？？

超級市場裏的案發經過

我的小腦袋靈光乍現……

就在這時，我的小腦袋靈光乍現。

我突然有了一種直覺！

我想到了那個餐廳經理的話：「……難道這紙幣是你自己在地窖裏印製的嗎？」

如果那些騙子真的有一間假鈔工場，會隱蔽在地窖裏呢？也不知道為什麼，我的腦海裏突然就浮現出了棉絨鼠一家，也就是前一天早晨我剛認識的那個家庭……

回想起來，我就是曾經在棉絨鼠三兄弟面前掉下了**錢包**。先是是棉吉亞喬用小丑般的動作在我尾巴上**砸了一錘**……隨後，棉吉斯塔以**高空特技演員**般的身姿把它撿了起來……最後，棉吉阿戈用**魔術師**般的姿勢把它歸還給我……

嗯……會不會就是他們偷偷換走了我錢包裹的信用卡、支票，還有身分證呢？

我還想起了棉絨鼠姑媽給我的那張紙幣，摸起來好像**濕答答的**……

嗯……會不會是他們才剛印刷完成的呢？

我又回想起**搬運工**氣喘吁吁地卸下的那些大箱子，沉甸甸的，十分神秘……嗯……那裏面裝著的，會不會就是印製假鈔的機器呢？

有關
這宗
奇怪案件的
所有
線索：

① 我想起自己曾經在棉絨鼠三兄弟面前掉下了錢包。

② 我回想起搬運工卸下的那些神秘大箱子。

誰敢打開，讓誰倒楣！

③ 我想起曾在棉絨鼠太太的手袋裏看見過大量紙幣。

④

在海鼠酒家的收銀機邊，有一灘奇怪的污漬。

⑤

在珠寶店，目擊者稱女騙子挽着一個玫紅色的手袋，裏面裝有紙幣。

在鐘錶店，三隻男鼠爭吵不休。

⑦

⑥

在藝術館，我們發現了騙子留下的白手套。

女騙子買了許多玫紅色的毛線，說是為了搭配現有的同色物品。

⑧

騙子們還去了馬戲團，看表演時異常投入地哈哈大笑。

⑨

在超市，騙子們採購了許多奇怪的東西，比如大蒜、洋葱、魚肝油和蝦醬……

⑩

我還回想起棉絨鼠家的四名成員全都穿着**白色**的實驗袍……

嗯……難道他們就是那個「造假博士」？

我興奮地對史奎克**喊**道：「我有辦法了！快去我家！」

我們立刻坐上**香蕉型跑車**，史奎克迅速在車頂上安上了警燈與警笛：那是妙鼠城**警方**為他準備的，專門用來應付像這樣的緊急情況。

我們在路上如火箭般，我都還來不及說完「香蕉」這個詞，就已經到達了我家門口。

我發現有一輛搬家**貨櫃車**正停在那裏，還有許多的**搬運工**正忙得不可開交。

而他們正在搬運的，是一個又一個的巨型**大箱子**。

快啊，史奎克！

棉絨鼠三兄弟一看見我就異口同聲地說道：「**早安，史提頓先生。我們要搬走了，因為……**」

話還沒說完，他們的姑媽就用手袋狠狠地砸他們的**屁股**，動作利落，一個接着一個砸，只聽見三聲：

她怒吼着：「你們都給我閉嘴，在這個家只有姑媽有權說話！都給我聽清楚了沒有？」

接着，她轉身看向我和史奎克，用**溫柔的聲音**說道：「啊，早安，史提頓先生！我們得搬走了，因為我們有一件**急事⋯⋯**」

史奎克冷冷地問道：「哦？什麼急事呀？」

只見她微微閉上**雙眼**：「我們去哪兒，這都是我們**棉絨鼠家族**自己的事，用不着你管！」

隨後，她轉向其他三隻鼠，說道：「棉絨鼠三兄弟，快給我出發！」

她又對**搬運工**說：「你們動作利落些，快把機器裝上貨櫃車，我們等着用它們生產**棉絨鼠牌超級無敵美味飲料**呢！」

謎題解開……

　　可史奎克卻擋在她前面，還搖晃着手指表示**不讓開**。

　　「不不不不不，我親愛的**棉絨鼠**太太，你這麼做可就不對了！我敢打賭，在這些箱子裏頭，一定裝着什麼有趣的**玩意兒**……」

　　此時，搬運工正打算把第一個箱子搬上貨櫃車。史奎克立即命令道：「**快把它放到這裏！**」

棉絨鼠太太則一臉緊張地吼道：「**快給我裝進貨櫃車！**」

　　雙方就這樣你爭我奪，朝兩個不同的方向拽起箱子。**棉絨鼠三兄弟**先是愣了一會兒，隨即便加入了幫助姑媽的行列，而我呢，也使出渾身解數，想助史奎克**一臂之力**。

　　可憐的搬運工早已筋疲力盡。他舉着**沉甸甸**的箱子，大汗淋漓，苦苦哀求道：

　　　　「放到貨櫃車裏或是貨櫃車外都沒問題，但求你們快點決定！

　　我就快被壓扁啦！」

易碎物品！
機密！

把它放回
這裏！

哎喲！

話音剛落，**大箱子**就砰啪一聲掉在地上。只見史奎克快如閃電，騰地一下就跳上了箱子。

　　隨後，他高喊出自己的戰鬥口號：

愛管閒事、愛管閒事、愛管閒事無敵史奎克

　　他一邊**撕去**紙箱的一角，一邊哼唱起來：「我就是有點**好奇**啊，想看看有什麼**驚喜**……在這些**箱子裏**……究竟藏了什麼東西……」

我就是有點好奇……

誰知道是什麼東西……

棉絨鼠太太急忙吼道：「**不要要啊！**」

史奎克則跟她唱反調：「**要要啊！**」

至於其他鼠一起失聲喊道：「啊啊啊啊啊啊啊啊啊啊啊啊！」

因為在那個碩大的箱子裏，根本就沒有用來生產和包裝飲料的機器，而是……一台制作**假鈔**的**印刷機**。

史奎克又從一個箱子跳到另一個上面，發現在那裏頭裝着的，是一台**清洗機**：它還能把紙幣**晾乾**。

最後，他發現了一大箱的假鈔，都還**濕漉漉**的呢！

棉絨鼠太太**惱羞成怒**，用她的手袋砸向我的朋友史奎克：「要是讓我逮住你，我一定狠狠地**毆打**你，你這個梵提娜乳酪做的**腦袋瓜**！都是你，破壞了我所有的計劃！現在就讓你看看我的屬害！我要把你的耳朵燙成酥皮，把你的骨頭**碾**成粉末，把你的尾巴打

要是讓我逮住你……

你要做什麼？！

成死結，還要一根一根地拔你的鬍鬚鬍鬚，扯你的毛皮，還要……」

我再也按捺不住自己的好奇心，不禁問：

「好啦好啦，快告訴我，究竟誰才是造假博士？！」

棉絨鼠太太終於忍不住了。她聲嘶力竭又得意洋洋地喊道：「哼，造假博士就是我！是我這個天才一手設計出這完美的紙幣，讓它們看起來比真的還真！」

我打！ 救命啊啊啊！ 快給我過來！ 哎喲！

我，棉加絮・棉絨鼠，是唯一的、真正的、天才的造假博士！

這時，剛好有幾個攝影師經過。於是，她毫不猶豫地在鏡頭前擺好姿勢，繼續**自吹自擂**：「無論**採訪**，還是拍**照片**，都只能有我一個，聽明白了嗎？唯一的天才只有我！」

三兄弟紛紛**抗議**說：「真是夠了！你要搶走所有的榮譽是嗎，姑媽？那好啊，所有的

過錯也全由你來承擔!」

話音剛落,棉加紫就給了三兄弟的屁股一記狠砸: **砰砰砰**!

怒斥道:「你們都給我閉嘴!那些假鈔你們不是也花得很開心嗎?」

三兄弟紛紛尖叫:「**啊呀呀,啊呀呀呀呀,啊呀呀呀呀呀呀呀**!」

她還威脅:「要是你們不乖乖聽話,我就再也不給你們做飯了!」

三兄弟卻說:「姑媽,**其實我們一點兒也不喜歡你做的飯菜**!」

史奎克早已報了警。只見他露出狡黠的笑容,在一旁說道:「可憐的兄弟們,你們可用不着擔心!在警察把你們送去的監獄裏,不會再有你們**姑媽**做出的那些**奇怪菜式**啦!」

三兄弟激動地哭了起來：「太好啦！我們終於不用再吃**甘草千層麵**啦！還有巧克力肉醬！還有大蜆奶昔！

　　真是太幸福啦！

　　要是我們的屁股不用再被姑媽**毒打**，那坐牢又算得了什麼！」

　　棉加紮一邊被警察帶走，一邊大喊道：

「你們這些**忘恩負義**的傢伙！打你們是為了你們好！還有，你們對烹飪根本一竅不通，哼！不過沒事，**偉大的**天才從來都是孤獨的……」

史奎克則壞笑着說道：「不對不對，親愛的**兄弟們**，親愛的**棉絨鼠太太**，不對不對。你們啊，就只適合印**假鈔**！俗話說，結局好，一切才好。正義永遠會戰勝邪惡的，永遠！」

就在這時，偏偏就在這時，我看見了一輛裝有深色玻璃的 **黑色長型豪華轎車**。

只見三個身形魁梧的傢伙從車上下來了，他們手爪裏還拿着三個**豹紋**箱子。

他們**徑直**走向棉絨鼠一家的房子，神情堅定，彷彿是在執行什麼任務似的。

與此同時，長轎車上的一面深色玻璃也緩緩降下，了一張女鼠的臉……

　　是「不」夫人！

　　只見她警惕地朝窗外瞄了一眼。

　　當她明白我們已經拆穿了棉絨鼠一家的真面目時，便想立刻喚回那三名助手。她壓低了聲音說道：「停下……快回來！」

　　三隻鼠異口同聲地回答道：「可你不是讓我們把……」

　　她立刻打斷：「給我回來！」

　　助手依然堅持：「可那些紙幣……箱子……棉絨鼠一家……」

她終於忍無可忍，**怒吼**道：「回來！！統統給我閉嘴，計劃全部取消！」

助手們只好匆匆回到長轎車裏。汽車一溜煙就不見了，只留下「不」夫人的尖叫聲：

「史提頓，這件事可還沒完！！我會要你好看的！！！！」

史奎克得意地笑了：「嗯……我覺得『不』夫人一定是和棉絨鼠太太說好，讓對方給她三箱的**假鈔**……不過現在，這一切全都泡湯啦！嘻嘻嘻！」

謝利連摩，你高興嗎？

這時，我的表弟**賴皮**也來了。他原本只是順路經過來看我，當發現我們**揭穿**了罪犯的真面目時，他說道：「阿哈，那我們真該好好慶祝一下啦！就讓我們回到城裏最好的餐廳——**金乳酪**，怎麼樣？你們猜猜，誰會替大家結賬？嘿嘿，當然是我的表哥請客啦！」

說完，他便用爪子**拍了拍**我的肩膀：「謝利連摩，你高興嗎？」

我只好咬咬牙，**吞吞吐吐**地說道：「呃……是的，當然，這肯定嘛……」

事實上，警方剛把騙子從我這兒偷走的證件和**信用卡**歸還給我，所以，讓我請客也不是不行……

可是，我以一千塊莫澤雷勒乳酪的名義發誓，

難道就不能換個別的地方嗎？

只是一顛鬍鬚的功夫，這則消息就傳了出去。我所有的朋友、家鼠和《鼠民公報》的同事全都趕來了餐廳與我們會合。

我們吃得津津有味，因為妙鼠城最佳餐廳的稱號真的名副其實。

我們不知品嘗了多少的美味佳餚呢！

還有，最後上菜的那道乳酪甜品，怎麼會這樣好吃！

到了結賬的時候，餐廳經理把**賬單**送到了我的面前。我摸了摸口袋，準備拿出錢包。

呃……

我的錢包呢？！

我，這個……

你沒帶錢包？

可是刷的一下，我的臉就**蒼白**得如同一塊莫澤雷勒乳酪，咦？我的錢包呢？

我**到處**翻找，可怎麼也找不到！

我的臉又刷的一下漲得**通紅**，吞吞吐吐地對經理說道：「呃，我……這個……其實……**很遺憾**……我是想說……總之，你可能不會**相信**，但這次我還是付不了錢，因為我找不到錢包了！」

經理不禁向我投來嚴厲的目光，沒好氣地說道：「這麼說，你是忘了帶**錢包**嗎？哼，誰想賴賬都會這麼說！」

說罷，他便遞了件 圍裙 給我：「你不用擔心，史提頓先生。我看你就在這裏**洗**上一個月的盤子吧。直到你**付清**賬單，我才會讓你走……」

我歎了口氣，只得同意：「那好吧，你就把圍裙給我吧……」

可他居然噗的笑了起來：「**我是開玩笑的，史提頓先生，我還以為你知道呢！**」

我的所有朋友也突然**爆發出一陣大笑**。原來這只是一個玩笑！

我的表弟賴皮已經笑得不行：「跟你開個玩笑嘛，我的傻表哥！你難道沒發現，之前在我們説話的時候，我悄悄從你口袋裏**拿走了錢包**？」

我不禁尖叫：

「**啊啊啊啊啊啊？什麼什麼什麼？**」

真真真的嗎？？？

大家看到我一臉驚慌的樣子，都不禁大笑起來！

我們笑啊笑！
笑啊笑！　笑啊笑！

因為這就是老鼠島上的幸福秘訣：

無論發生什麼，都不會讓我們失去**好心情**，因為笑容有助健康，而且⋯⋯

幽默感是生活的調味品！

這可是史提頓說的，

謝利連摩·史提頓！

好心情是老鼠島的幸福秘訣！
讓你笑開懷的小笑話！

哈 哈 哈 ！

蚊子
兩隻蚊子去餐廳用餐。侍應問：「早安！請問需要點什麼菜？」
蚊子回答：「很簡單，我們要廚師。謝謝！」

嘻 嘻
嘻 ！

守門員
陳太太帶着兒子到隔壁，向鄰居介紹。
陳太太：「我的兒子是城裏著名的球星，每場比賽都有最多進球的。」
李太太：「他踢什麼位置？」
陳太太：「他是守門員。」

雞的名字
小雞問母雞：「為什麼人類都有名字，而我們全都叫做雞！？」
母雞回答：「我們雞活着時雖然沒有名字，但死了就有很多名字了。」
小雞開心地問：「我們叫什麼名字？」
母雞回答：「炸雞、咖喱雞、白切雞、燒雞、海南雞、香菇雞、土窯雞……」

雞蛋餅怎麼辦？

兩個農民在他們所居住的
小鎮上偶遇。
「嘿，皮皮，最近怎麼樣？」一個問。
「哎，你知道嗎，」另一個答，
「我發現了一隻會下金蛋的母雞……」
「哎喲喲，真的啊！你一定高興壞了吧，
皮皮！」第一個農民肯定地說道。
「別提了！」第二個農民垂頭喪氣地回答，
「我再也做不出好吃的雞蛋餅了！」

嘻 嘻 嘻！

哈 哈 哈！

毒蛇

小蛇問大蛇：「爸爸，我們真的有毒嗎？」
大蛇不耐煩地說：「是的！」
過了不久，小蛇又再問：「我們是不是真的有毒啊？」
大蛇生氣地說：「是有毒啊……怎麼了？！」
小蛇用尾巴摸摸頭說：「因為我剛剛吃飯時，不小心咬到
自己的舌頭，我怕中毒，所以才一直問……」

呵

呵！

母牛間的對話

天氣晴朗的一個夏日，兩頭母牛正在一片
美麗的青青草地上一邊吃着鮮草，一邊享受着
燦爛的陽光！
其中一頭用牙齒啃下了一把青草，一邊愜意地
咀嚼，一邊說：「哞哞哞哞哞哞哞！」
另一頭：「你怎麼搶了我要說的話呢！」

妙鼠城

老鼠島

《鼠民公報》大樓

1. 正門
2. 印刷部（印刷圖書和報紙的地方）
3. 會計部
4. 編輯部（編輯、美術設計和繪圖人員工作的地方）
5. 謝利連摩‧史提頓的辦公室
6. 花園

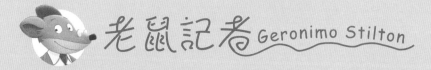

老鼠記者 Geronimo Stilton

與老鼠記者一起
歷奇探險走天下！

親愛的鼠迷朋友，
下次再見！

謝利連摩・史提頓

Geronimo Stilton